LEKTÜRE
HILFE

Damals war es Friedrich

Hans Peter Richter

Verfasst von Cécile Perrel
Übersetzt von Mareike Lobeck

DER
QUERLESER

DER QUERLESER

Auf derQuerleser.de findest Du:
Zahlreiche verständliche und
detaillierte Lektürehilfen in
Nullkommanichts in digitaler
Version oder als Taschenbuch.

derQuerleser.de

HANS PETER RICHTER

DEUTSCHER SCHRIFTSTELLER UND SOZIOLOGE

- **Geboren 1925 in Köln**
- **Gestorben 1993 in Mainz**
- **Einige seiner Werke:**
    - *Wir waren dabei* (1962), Roman
    - *Damals war es Friedrich* (1963), Roman
    - *Der jungen Leser wegen. Tatsachen, Meinungen, Vorschläge* (1965), Beiträge über Literatur für Kinder und Jugendliche

Der Schriftsteller und Soziologe Hans Peter Richter wurde 1925 (im selben Jahr wie die Kinder in *Damals war es Friedrich*) in Köln geboren und erlebte in seiner Kindheit entsprechend die Propaganda der Nationalsozialisten, Hitlers Machtergreifung und dessen Diktatur mit. Bei *Damals war es Friedrich* (1963) handelt es sich zwar nicht um eine Autobiographie, der Autor ließ sich aber von seinen eigenen Erfahrungen inspirieren.

Als Soziologe interessierte sich Richter ebenfalls für Arbeitsorganisation und das Schulsystem. Sein Werk umfasst zahlreiche Titel (darunter auch Sachbücher, beispielsweise *Der jungen Leser wegen: Tatsachen, Meinungen, Vorschläge* über Literatur für Kinder und Jugendliche), außerdem arbeitete Richter fürs Radio und Fernsehen.

DAMALS WAR ES FRIEDRICH

DIE AUTHENTISCHE ERZÄHLUNG EINER SCHWIERIGEN ZEIT

- **Textgattung:** Jugendroman
- **Herangezogene Ausgabe:** Richter, Hans Peter: *Damals war es Friedrich.* dtv: München 2014.
- **Erstausgabe:** 1963
- **Themen:** Zweiter Weltkrieg, Nationalsozialismus, Shoah, Freundschaft, Kindheit

Der 1963 erschienene Roman *Damals war es Friedrich* erzählt von dem Leben zweier Kinder im Deutschland der Dreißigerjahre. Die beiden Freunde, der Erzähler und Friedrich, ein jüdischer Junge, wohnen im gleichen Gebäude. Mit Hitlers Machtergreifung 1933 verändert sich das Leben von Friedrich und Millionen weiterer Juden radikal.

Die Geschichte wird aus der Sicht von Friedrichs Freund erzählt, der der Schikane, der

Ungerechtigkeit und der Gewalt, denen die Juden ausgesetzt sind, machtlos zusehen muss.

INHALTSANGABE

KAPITEL *REIBEKUCHEN-HERR SCHNEIDER*

In Deutschland Ende der 1920er wohnen zwei Familien – der Erzähler und seine Eltern sowie der gleichaltrige Friedrich Schneider mit seinen Eltern, die Juden sind – im selben Haus. Die beiden Jungen werden schnell gute Freunde und spielen in ihrer Freizeit viel zusammen.

Im Jahr 1929 beginnt sich die Situation für die jüdische Bevölkerung zu verschlechtern. Friedrich erfährt dies am eigenen Leib, als er vom Hausbesitzer Herr Resch als „Judenbengel" (S. 10) beschimpft wird. Das Leben nimmt jedoch seinen gewöhnlichen Lauf und der Erzähler verbringt viel Zeit bei den Schneiders, wobei er vor allem vom Sabbat am Freitagabend beeindruckt ist.

1931 werden die beiden Kinder eingeschult. Nach ihrem ersten Schultag werden sie von ihren Eltern erwartet und die Schneiders beschließen zum Unmut der Eltern des Erzählers, die Einschulung mit einem Ausflug zu feiern. Der Vater des Erzählers ist nämlich seit geraumer Zeit arbeitslos, weswegen die Familie nicht das Geld für solche Ausflüge hat. Dennoch gehen sie gemeinsam auf den Rummelplatz, wo die Schneiders den Kindern die Karussellrunden spendieren. Zum Abschluss gehen sie noch zum Fotografen, wo sich die beiden Familien als Andenken an den unvergesslichen Tag gemeinsam fotografieren lassen.

Zwei Jahre später kommen die beiden Jungen auf dem Nachhauseweg von der Schule an der Praxis eines Kinderarztes vorbei und sehen empört, dass über dem Schild des Arztes in großen Buchstaben „Jude" geschrieben steht. Doch der Arzt ist nicht der Einzige, der unter der Schikane der Nationalsozialisten zu leiden hat. So stehen vor mehreren jüdischen Geschäften Männer, die den Kunden den Eingang versperren und ihnen verbieten, dort einzukaufen.

Wie viele junge Deutsche dieser Zeit tritt auch der Erzähler der Hitlerjugend bei. Friedrich begleitet ihn zu einem Treffen, verlässt dieses aber schnell wieder, entsetzt über die Dinge, die dort über Juden erzählt werden.

Als die Kinder einige Tage später auf der Straße spielen, schießt der Erzähler versehentlich einen Ball in das Schaufenster einer Kurzwarenhandlung. Sofort beschuldigt die Verkäuferin Friedrich, für die zerbrochene Scheibe verantwortlich zu sein, da sie weiß, dass er Jude ist. Obwohl der Erzähler beteuert, dass er die Schuld trage, wird Friedrich von der Polizei festgenommen. Erst Herrn Schneiders Angebot, die Kosten für den Schaden zu übernehmen, legt die Auseinandersetzung bei.

Kurz darauf haben Friedrichs Vater und Herr Resch einen heftigen Streit im Treppenhaus des Gebäudes. Der Vermieter will ihnen kündigen, weil er keine Juden in seinem Haus haben möchte. Für die Familie Schneider wird das Leben immer schwerer, denn Herr Schneider verliert auch noch seine Arbeit: Er ist Beamter, ein Posten, den Juden nun nicht mehr ausüben dürfen.

KAPITEL *DIE VERHANDLUNG-DER TOD*

Herr Resch zeigt die Schneiders an, weil diese sich weigern, die Wohnung zu verlassen. Zu ihrem

Glück sitzt bei dem Prozess jedoch ein milder Richter vor, der die Klage zurückweist. Die Dinge scheinen sich für Friedrichs Familie wieder zum Guten zu wenden: Sein Vater findet eine neue Arbeit in einem Kaufhaus, wo er Abteilungsleiter wird. Das Glück ist jedoch nur von kurzer Dauer. Friedrich muss die Schule verlassen, da dort keine jüdischen Kinder mehr unterrichtet werden dürfen. Zur gleichen Zeit kündigt auch die Putzfrau der Schneiders wegen eines Gesetzes, das nicht-jüdischen Frauen unter 45 Jahren verbietet, für Juden zu arbeiten.

Der Vater des Erzählers, der der NSDAP beigetreten ist, weil er sich davon Vorteile erhofft, ist entsetzt über die Dinge, die er bei den Parteitreffen erfährt. Er rät Herrn Schneider, seine Familie ins Ausland zu bringen. Dieser glaubt jedoch nicht, dass die Juden wirklich in Gefahr sind und nimmt den Rat seines Nachbarn nicht ernst. Als der Erzähler jedoch eines Tages von der Schule kommt, sieht er, wie ein bewaffneter Trupp die jüdischen Geschäfte zerstört. Er läuft so schnell er kann nach Hause, doch kurze Zeit später wird auch die Wohnung der Schneiders geplündert. Frau Schneider stirbt in derselben Nacht an einem Schock.

KAPITEL *LAMPEN-ENDE*

Herr Schneider wird erneut arbeitslos und repariert von nun an zuhause Lampen, um sich über Wasser zu halten. Nur die Familie des Erzählers unterstützt ihn noch, während sich die Lage weiter verschlimmert. Unter anderem verstecken Friedrich und sein Vater einen Rabbiner bei sich, nach dem gefahndet wird.

Das Jahr 1941 bedeutet eine weitere Verschärfung der Verfolgung. Von nun an müssen die Juden einen gelben Stern auf ihrer Kleidung tragen. Eines Tages verschafft sich die Polizei Zugang zu der Wohnung der Schneiders und verhaftet Herrn Schneider und den Rabbiner.

Ein paar Tage später klingelt Friedrich bei dem Erzähler. Er sieht mitleiderregend aus, versichert aber, ein gutes Versteck gefunden zu haben. Er wolle nur das alte Foto holen, das sie an ihrem ersten Schultag auf dem Rummelplatz machen ließen, um ein Erinnerungsstück an seine Eltern zu haben. In diesem Moment ertönt eine Sirene, die bedeutet, dass sie sich im Luftschutzkeller in Sicherheit bringen müssen. Juden haben zu diesem jedoch keinen Zugang, weswegen Friedrich in der Wohnung bleiben muss. Der Erzähler und seine Eltern gehen in den von Herrn Resch geführten Luftschutzkeller hinunter. Draußen gibt es gewaltige Explosionen. Plötzlich hört man Schläge gegen die Tür. Es ist Friedrich, der voller Angst bittet, hineinkommen zu dürfen. Obwohl alle einverstanden sind, verweigert Herr Resch ihm den Zutritt.

Als der Alarm vorüber ist, verlassen alle den Keller und finden Friedrich tot im Hauseingang.

PERSONENANALYSE

FRIEDRICH

Friedrich ist 1925 geboren und daher 8 Jahre alt, als Hitler 1933 an die Macht kommt. Er führt in der zweiten Hälfte der Zwanzigerjahre ein sorgenfreies Leben. Seine Eltern sind wohlhabend, sein Leben leicht und er hat einen guten Freund, den Erzähler des Romans, der im gleichen Gebäude wohnt wie er. Trotz der Schwierigkeiten, die ab 1933 auftreten, bleibt er optimistisch und geht weiterhin zur Schule. Er ist mutig und setzt sich aus Neugier über einige Verbote hinweg. So geht er beispielsweise zu einem Treffen der Hitlerjugend (S. 20 ff.), wo er einem der Organisatoren der Versammlung die Stirn bietet. Er besucht auch das Kino, obwohl ihm das als Juden verboten ist (S. 58 ff.).

Mit der Reichspogromnacht, in der seine Mutter stirbt, ändert sich sein Leben jedoch radikal. Friedrichs Leben gerät ab diesem Moment völlig aus den Fugen. Sein Vater darf nicht mehr arbeiten und die beiden müssen sich in ihrer

Wohnung verstecken, um so nicht von der Polizei gefunden zu werden. Die Verhaftung seines Vaters kommt für Friedrich schließlich einem Todesurteil gleich, weil er so niemanden mehr hat, der ihn beschützt. Auch wenn die Familie des Erzählers alles tut, um ihm zu helfen, muss sie dennoch aufpassen, sich damit nicht selbst in Gefahr zu bringen. Friedrich stirbt 1942 im Alter von 17 Jahren bei einem Luftangriff.

DER ERZÄHLER

Der Erzähler ist im gleichen Alter wie Friedrich. Die beiden verbindet eine enge Freundschaft. Er erzählt die Geschichte aus der ersten Person Singular, wodurch die Handlung aus der Sicht eines Kindes geschildert wird. Da er dabei aber nicht wertet, bleiben die Schilderungen sehr neutral.

Der Erzähler leidet unter der schwierigen finanziellen Situation seiner Eltern und sucht häufig bei den Schneiders Zuflucht. Er empfindet die Judenverfolgung als ungerecht und versucht, Friedrich wo es nur geht zu verteidigen. Er schämt sich zu keiner Zeit, mit Friedrich befreundet zu sein und verleugnet die Freundschaft nie, auch nicht in demütigenden Situationen, wie etwa als Friedrich der Zugang zu den Umkleiden im Schwimmbad verwehrt wird. Er ist also ein ehrlicher, rechtschaffender Junge und hat keine Angst, seinen Freund, wenn nötig, zu verteidigen, selbst wenn er sich dadurch selbst in Gefahr bringen könnte. Als Friedrich auf sich allein gestellt ist, bleibt der Erzähler dessen letzter Verbündeter. Dies reicht jedoch leider nicht aus, denn der 17-Jährige kann der herrschenden Unmenschlichkeit nicht viel entgegensetzen.

DIE ELTERN DES ERZÄHLERS

Schon zu Beginn der Geschichte erfahren die Leser von den finanziellen Schwierigkeiten der Familie. Der Vater ist arbeitslos und die Armut der Eltern wird durch die Wirtschaftskrise, die in Deutschland während der Zwanzigerjahre herrscht, noch verstärkt. Die Mutter arbeitet von zuhause aus und wäscht die Wäsche anderer Familien, schämt sich dessen allerdings.

Der Vater tritt der NSDAP bei, weil glaubt, dass ihm dies Vorteile verschaffen könnte. Damit soll er recht behalten: Er findet eine neue Arbeitsstelle und bekommt eine Gehaltserhöhung. Er steht jedoch nicht hinter der Ideologie der Nationalsozialisten und versucht, die Schneiders zu warnen. Bis zum Ende des Romans unterstützen sie Friedrich, so gut sie können.

HERR UND FRAU SCHNEIDER

Friedrichs Eltern sind ein junges wohlhabendes Paar. Sein Vater ist Postbeamter und seine Mutter ist Hausfrau. Sie sind sich der Gefahr, die ihnen in Deutschland droht, nicht bewusst und Herr Schneider nimmt die Warnung vom Vater des Erzählers nicht ernst, mit seiner Familie lieber ins Ausland zu gehen.

Schon bald verliert er jedoch seine Arbeit und darf seinen Beruf nicht mehr ausführen, weil er Jude ist. Er arbeitet daraufhin ein wenig von zuhause aus, allerdings reicht das nicht aus, um für den Unterhalt zu sorgen. Nach dem Tod seiner Frau ist er mit Friedrich alleine, wird jedoch auch kurze Zeit später festgenommen. Die Leser erfahren nicht, was mit ihm geschieht, es ist allerdings wahrscheinlich, dass er in ein Konzentrationslager deportiert wurde.

HERR RESCH

Herr Resch ist der Besitzer des Gebäudes, in dem Friedrich und der Erzähler wohnen. Er ist wohlhabend und tyrannisiert seine Mieter. Er ist es auch, der Friedrich als erstes antisemitisch beleidigt und ihn einen „Judenbengel" (S. 10) nennt. Herr Resch ist ein überzeugter Anhänger der Nationalsozialisten. Dabei befolgt er alle Regeln der Partei und versucht allen Juden, denen er begegnet, das Leben schwer zu machen. Er geht mit seinem abstoßenden Verhalten sogar so weit, die Wohnung der Schneiders zu plündern, nachdem der Vater festgenommen wurde. Er trägt Schuld daran, dass Friedrich bei einem Luftangriff stirbt, da er ihm den Zutritt zum Luftschutzkeller verwehrt.

INTERPRETATION

FIGUREN- UND HANDLUNGSKONSTELLATION

Figuren- und Handlungskonstellation

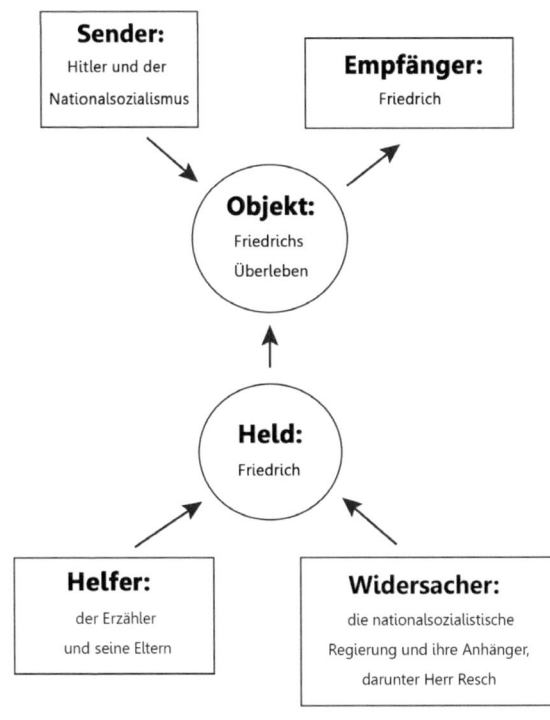

HANDLUNGSVERLAUF

Exposition: Dies ist der Beginn der Geschichte, der Moment, in dem der Hintergrund beschrieben und die Figuren vorgestellt werden. Die Situation ist ausgeglichen, das heißt, dass es keinen Grund für Veränderungen gibt.

- Zwei Familien leben im selben Gebäude in einer Stadt in Deutschland Ende der Zwanzigerjahre. Ihre Kinder, Friedrich Schneider (ein jüdischer Junge) und der Erzähler, sind im gleichen Alter und freunden sich an.

Erregendes Moment: Dieses Ereignis stört die Ausgangssituation, wodurch die Geschichte nun tatsächlich beginnt.

- 1933 wird Hitler Reichskanzler. Dies bedeutet den Beginn der antisemitischen Propaganda und Politik.

Peripetie: Hierbei handelt es sich um die Geschehnisse, die durch das erregende Moment ausgelöst werden und die zu den Handlungen des Helden führen, durch die dieser versucht, das Problem zu lösen.

- Nach und nach nehmen Schikane und Gewalt gegen Friedrich und seine Eltern, sowie alle anderen Juden, zu. Herr Schneider verliert seine Arbeit und Friedrich wird der Schule verwiesen. Frau Schneider stirbt schließlich in der Reichspogromnacht. Kurz darauf wird Herr Schneider verhaftet. Friedrich ist danach auf sich allein gestellt, hat kein Zuhause mehr und muss sich verstecken, um nicht auch verhaftet zu werden.

Dénouement: Dieses beendet die Peripetie und führt zur Endsituation.

- Friedrich stirbt bei einem Luftangriff, da ihm der Zutritt zum Luftschutzkeller durch Herrn Resch verwehrt wird.

Endsituation: Sie ist das Ende der Geschichte. Die Situation ist nun wieder stabil wie bei der Exposition, unterscheidet sich von ihr jedoch in einigen Punkten.

- Der Erzähler und seine Eltern kehren in ihre Wohnung zurück. Die ganze Familie Schneider ist tot, zur großen Zufriedenheit von Herrn Resch, der sie nun nicht mehr aus seinem Gebäude vertreiben muss.

EIN HISTORISCHER ROMAN

Bei *Damals war es Friedrich* handelt es sich um einen Roman. Merkmal dieser Textgattung ist die relativ lange Geschichte (im Gegensatz zur kürzeren Novelle). Seit Ende des 12. Jahrhunderts wird er in Prosa verfasst und besteht aus einer Erzählung von Fakten, die als wahr dargestellt werden.

Seit dem 18. Jahrhundert ist der Roman die am verbreitetste Textgattung. Er hat sich dadurch erheblich entwickelt, was auch zu diversen Untergenres führte: Abenteuerroman, Briefroman, psychologischer Roman etc.

Damals war es Friedrich kann der Kategorie des historischen Romans zugeordnet werden. Dieser fügt einem wahren historischen Hintergrund fiktive Elemente, Geschehnisse und Figuren hinzu. Er kann daher als eine subtile Kombination realer und ausgedachter Fakten gesehen werden. Das Genre entstand Ende des 17. Jahrhunderts und fand einen Höhepunkt in der Romantik, einer Literaturströmung, die Ende des 18. Jahrhunderts in Deutschland entstand. Bekannte historische Romane sind beispielsweise *Der Name der Rose* von Umberto Eco (1932-2016) und *Der Medicus* von Noah Gordon (geboren 1926).

Die folgenden Merkmale zeichnen *Damals war es Friedrich* als historischen Roman aus:

- Beim Hintergrund der Geschichte handelt es sich um reale Geschehnisse: der beginnende Antisemitismus in Deutschland, Hitlers Machtergreifung und die immer größere Ausmaße annehmende Verfolgung der Juden. Die Zeit, in der die Geschichte spielt, wird eindeutig angegeben. So wird in der Vorgeschichte beispielsweise die Jahreszahl 1925 klar benannt. In diesem Jahr, dem Geburtsjahr der beiden Hauptfiguren, beginnt die Erzählung. Danach werden Jahreswechsel zu Beginn des Kapitels angegeben, wodurch der Leser dem zeitlichen Ablauf folgen und der Autor auf Geschehnisse verweisen kann, die die Handlung maßgeblich beeinflussen und durch die Jahreszahlen genau einzuordnen sind. Das Kapitel *Schulweg* gibt beispielsweise das Jahr 1933 an. Alles, was in diesem Kapitel geschieht, kann daher mit Hitlers Machtergreifung in Verbindung gebracht werden, die in ebenjenem Jahr stattfand. Auch die Gewalt gegen die Juden wird in diesem Teil des Romans historisch korrekt beschrieben (Verbot jüdische Geschäfte zu betreten, Entlassung jüdischer Beamte etc.).

- Die Geschichte der beiden Freunde, Friedrich und der Erzähler, sowie ihrer Familien ist jedoch fiktiv. Die Protagonisten entspringen ausschließlich der Fantasie des Autors. Nichtsdestotrotz könnte es sich bei ihnen um reale Personen handeln, da viele Menschen damals ein ähnliches Schicksal erleiden mussten.

ZUM NACHDENKEN

FRAGEN ZUR VERTIEFUNG

- Wie ändern sich die Leben der beiden Protagonisten über den Roman hinweg?
- Der Erzähler beschreibt die Geschehnisse um ihn herum scheinbar neutral. Inwieweit kann dennoch der Aufklärungswille des Autors über den Nationalsozialismus herausgelesen werden? Welches Bild wird beispielspeise vom Ehepaar Resch gezeichnet?
- Welche historischen Geschehnisse werden von dem Roman direkt aufgegriffen?
- Wie begründest Du das Handeln der beiden Väter?
- Inwiefern ist der Erzähler selbst vom Nationalsozialismus beeinflusst?

Deine Meinung ist uns wichtig!
Hinterlasse doch einen Kommentar auf der Seite
unser Online-Buchhandlung
und teile Deine Favoriten in den sozialen
Netzwerken!

DARÜBER HINAUS

HERANGEZOGENE AUSGABE

- Richter, Hans Peter: *Damals war es Friedrich*. dtv: München 2014.

SEKUNDÄRLITERATUR

- Dahrendorf, Malte: „Malte Dahrendorf/Zohar Shavit. Ein Briefwechsel, als Anhang von Dahrendorf". In: Malte Dahrendorf, Zohar Shavit (Hrsg.): *Die Darstellung des Dritten Reichs im Kinder- und Jugendbuch*. Dipa: Frankfurt a.M. 1988. S. 146-153.

- *Lernen aus der Geschichte*: Projekt „Damals war es Friedrich". (3.12.2010). http://lernen-aus-der-geschichte.de/Lernen-und-Lehren/content/4335/Damals%20war%20es%20Friedrich (14.08.2018).

Die präsentierten Inhalte werden vom Herausgeber
überprüft, dennoch übernimmt dieser keine Haftung
für die inhaltliche Richtigkeit, Vollständigkeit und
Aktualität der vorgestellten Inhalte.

www.derQuerleser.de

ISBN digitale Ausgabe: 9782808010238

ISBN gedruckte Ausgabe: 9782808011563

Pflichtexemplar: D/2018/12603/329

Cover: © Plurilingua

Logo: © Graphicrepublic (Freepik.com) und
Plurilingua

Digitale Aufbereitung: Primento, der digitale Partner
der Herausgeber